C'EST ICI QUE TOUT COMMENCE

Il faut lire les cases dans l'ordre des chiffres indiqués et, à l'intérieur de chaque case, suivre l'ordre alphabétique. Bonne lecture.

DEVIL DEVIL

10

YÛKI MIYOSHI

RÉSUMÉ DES VOLUMES PRÉCÉDENTS

L'ange Ios et le démon Sword, le bien contre le mal ! Au terme d'un combat acharné, les deux adversaires tombent sur terre et, pour survivre, doivent trouver refuge dans les corps de frères jumeaux : Kanna et Sôma Amano.

Depuis que Sword est en possession de l'œuf démoniaque, de nombreux émissaires de l'enfer, mais aussi du ciel, défient nos deux héros pour récupérer le précieux objet.

Ils sont maintenant aux prises avec les plus dangereux adversaires qu'ils n'aient jamais rencontrés : les quatre généraux infernaux.

Bien décidés à récupérer les fragments que possède Sword, ils engagent une bataille dont l'intensité augmente au fil des combats. Après Galam, Deel et Fennel, voici maintenant Basil, le maître des éléments liquides.

Sword s'en tirera-t-il face à cet ennemi ?

DEVIL DEVIL, VOL. 10 — SOMMAIRE

YÛKI MIYOSHI

1ER ÉPISODE :
LE SAUVEUR AILÉ

GALAM, LE MAÎTRE DE L'ARGILE !
ZWOOOOOOOO
SBLAM
GARVERA ! RANPÛ !
HÉ HÉ HÉ...
OUVRE BIEN LES YEUX, IOS. JE VAIS DÉVORER LEUR ÂME DEVANT TOI !

WOOOSH
KSS..
MAUDIT DÉMON...
C'EST ÇA, IOS ! J'AIME CETTE HARGNE SUR TON VISAGE ! TU VOUDRAIS ME TUER ? MAIS C'EST IMPOSSIBLE !
LES CINQ FRAGMENTS EN MA POSSESSION ME RENDENT INVINCIBLE !
TON ÂME SERA BIENTÔT MIENNE ! ET NE COMPTE PAS SUR SWORD POUR TE SAUVER !
GWAAAAAAH !!
BWOOM

ÉCOUTE SWORD, C'EST IOS QUI HURLE DE DOULEUR !
L'ÉTINCELLE DE LA VIE LE QUITTERA BIENTÔT.
LORSQUE TU RETOURNERAS LÀ-BAS, TU DÉCOUVRIRAS QUE TOUS TES AMIS SONT MORTS.
MON DIEU...
ESPÈCE D'ENFOIRÉ ...
GRRR
ET LES DEUX SEULS AMIS QU'IL TE RESTE SONT ICI...
?!
ZWUP

SLASH
?!
MIZUNO !
KWAHAHAHAH ! TE VOILÀ AVEC UNE ALLIÉE DE MOWS !

TU VAS ME LE PAYER, ORDURE !
GWOOSH
J'VAIS TE MAS-SACRER !
AAW

DIABO-
LICUS
POCUS
!
SBAA
!!
KZZM
KZZM

HÉ HÉ... TU Y CROYAIS VRAIMENT, SWORD ?
KZAM
PEUH ! TU VAS VOIR, SI J'Y CROIS !
SCRIIIIK
SBLAAAM
QU... QUOI ?!
...
GWAAAAAAAH !!

SWORD ...
S... SWORD...
UH!
TIENS BON, MIZUNO ! SWORD ! IL FAUT L'EMMENER À LA CLINIQUE !
N... NON, ÇA IRA...
?
FLOM
LE TEMPS PRESSE, SWORD... RETOURNE AU LYCÉE...
MAIS NON...
JOUE PAS LES MARTYRES AVEC MOI !

FLAP
SHEKIL ! QU'EST-CE QUE TU FOUS LÀ ?!
VAS-Y. JE M'OCCUPE DE CES DEUX HUMAINES.
!!
IOS M'A DEMANDÉ DE TE SUIVRE CAR TU N'AS PAS DE SORTS DE SOINS.
IOS... ?
ÇA NE M'ENCHANTE PAS, MAIS PUISQUE C'EST SA VOLONTÉ...
STAP
GRP
PEUH ! DE QUOI IL SE MÊLE, CET ABRUTI... ?

ALLEZ... VAS-Y VITE, SWORD.
DÉPÊCHE-TOI. IOS A BESOIN DE TON AIDE.
PEUH ! C'EST PAS POUR SAUVER IOS OU LES AUTRES QUE JE RETOURNE LÀ-BAS.
ZAAAM
C'EST POUR AFFRONTER MOI-MÊME MON ENNEMI !

SCRAP
SCRAP
PSHHHHH
HAA
HAA
IL EST INCROYA-BLEMENT PLUS FORT QUE LA DERNIÈRE FOIS...
EH BIEN, IOS ? DÉJÀ À BOUT DE FORCES ?!
DANS CE CAS, IL EST TEMPS DE TE PORTER LE COUP DE GRÂCE !

STAC
CAUSE TOUJOURS ! ÇA NE FAIT QUE COM-MENCER !
FWUSH
QUOI?!
SCRIIK
SCRIIK
C'EST IMPOSSIBLE ! UN SABRE FORGÉ PAR LES ANGES !
SPROK
IL EST TROP PUISSANT POUR MOI... SWORD... !
HÉ HÉ HÉ...
C'EST LA FIN, MON ANGE...

GNISH
!!
SCROUIC
SCROUIC

JE NE VAIS PAS SEULEMENT DÉVORER TON ÂME, JE VAIS AUSSI DÉCHIRER TA CHAIR !
PLIC
CETTE FOIS, C'EST VRAIMENT LA FIN...
PLIC
GWIIIIIIIIIIIIISH
?!
BOM

DOOOM

UUURGH!!
ZIUP
MON BRAS ! ARRACHÉ NET ! ALORS QUE JE SUIS INVINCIBLE !
ET PAS TRACE D'UN ENNEMI ! QU'EST-CE QUE ÇA VEUT DIRE ?!
FWUUUUSH
LA HAINE T'AVEUGLE, GALAM !
KLING
QUOI ?!

PAR SATAN...!
GWOOOOSH

2E ÉPISODE :
RUPTURE

KZZM
HELLO, IOS...
KZZM
FLAP

...
TE VOILÀ ENFIN... J'AI FAILLI ATTENDRE.
IL Y A EU DU GRABUGE, ON DIRAIT...
TU ES ALLÉ UN PEU TROP LOIN, GALAM, GÉNÉRAL D'ARGILE !
ZOM
MÉFIE-TOI, SWORD ! IL EST BEAUCOUP PLUS FORT QU'AVANT !
HÉ HÉ HÉ... PAUVRE IDIOT ! TU DEVRAIS D'ABORD T'INQUIÉTER DE TON SORT, AU LIEU DE PENSER À TES AMIS ! MAINTENANT QUE TU ES LÀ, C'EST LA FIN POUR TOI !
SCRIP
SCRIP
LAISSE-MOI RIRE...
TES FRAGMENTS DE L'ÂME DE SATAN SONT EN MOI !

JE VAIS TÉCRASER !
KZIIIIIIM
SWOO-OORD !
GWAHAHAHAH ! J'EN POSSÈDE CINQ, ALORS QUE TU N'EN AS QUE TROIS ! MA PUISSANCE EST SUPÉRIEURE À LA TIENNE !
KZZZM
KZZZM
!!
TU CROIS VRAIMENT ÇA ?

ALORS, LAISSE-MOI TE PROUVER LE CONTRAIRE ! TU ES INCAPABLE DE TIRER PARTI DES FRAGMENTS !
BWOOF
BWOOF
KZAA
QUE... QUOI ?!
SCRAP
BLORB
BLORB
C'EST IMPOSSIBLE... J'AI PLUS DE FRAGMENTS QUE LUI ! POURQUOI ?!
PARCE QUE LE POUVOIR DES FRAGMENTS NE DONNE LEUR VRAIE PUISSANCE QU'AUX VÉRITABLES GUERRIERS.

VOUS AUTRES, LES QUATRE GÉNÉRAUX INFERNAUX, AVEZ ÉTÉ CONÇUS À PARTIR D'UN FRAGMENT.
FENNEL, ELLE, ÉTAIT UNE VRAIE DÉMONE, AVEC UN ESPRIT DE GUERRIÈRE.
ELLE AVAIT UNE FIERTÉ. MAIS TOI, TU N'ES QU'UN CLOPORTE QUI N'A PAS HÉSITÉ À TUER DEEL, TON SEMBLABLE, POUR T'EMPARER DE SA FORCE !
COMMENT ?! GALAM A ABSORBÉ LE POUVOIR DE DEEL ?!
PEU IMPORTE LE NOMBRE DE FRAG-MENTS QUE TU POSSÈDES !

DOM
UN CAFARD COMME TOI NE POURRA JAMAIS ME BATTRE !
SBLAAAAAAM
GWAAAAAAH !!
PSHHHHHH

UNGH...
NON... ÇA NE SE PEUT PAS...
SCRA
SCRAP
ET MAINTENANT, SI TU PERMETS, JE VAIS RÉCUPÉRER LES FRAGMENTS QUE TU AS.
GÉHÉHÉ... COMME SI J'ALLAIS ME LAISSER FAIRE PAR UN VULGAIRE DÉMON INFÉRIEUR !
CROUSH
IL N'EN EST PAS QUESTION ! LES FRAGMENTS SONT POUR MOI ! ET QUAND JE LES AURAI TOUS...
CROUSH
CROUSH

GWOOSH
JE PRENDRAI LA PLACE DE SATAN SUR LE TRÔNE DES ENFERS !
RIEN, NI PERSONNE, NE POURRA M'ARRÊTER !
IL POUSSE SA PUIS-SANCE À BLOC !

TSS !
GWUSH
SDOM
BROM
GWOOOOOOOH !!
KZZZ
BON SANG ! IL EST COMPLÈTEMENT HORS DE CONTRÔLE !
KZZZ
MOUREZ ! MOUREZ TOUS ! JE VAIS TOUT DÉTRUIRE !
IL FAUT FAIRE QUELQUE CHOSE, SWORD ! AVANT QU'IL NE SACCAGE TOUT !

JE VOUDRAIS BIEN, MAIS Y A PAS MOYEN D'APPROCHER !
OOOOO
ALORS, SWORD ! QU'ATTENDS-TU POUR ME TUER ?!
IL ME NARGUE, L'ENFOIRÉ...
!!
QU'EST-CE QUE... ?!

FEN-
NEL
?!
DEEL ! QU'EST-CE QUE TU FABRIQUES ?! TU COMPTES LAISSER CETTE ORDURE PROFITER DE TA FORCE ?!
TU PERDS TON TEMPS, REVENANTE ! DEEL FAIT PARTIE INTÉGRANTE DE MOI, DÉSORMAIS !
ZAM
YXZUM
SCRIIP
SCRIIP
!!!

ZWUUUUSH
KZZM
KZZM
C'EST FINI, GALAM... JE T'AI ASSEZ OBÉI JUSQU'À PRÉSENT !
DEEL ?! PETITE PESTE !

GWOOOUUU
MON... MON CORPS ! IL SE DISLOQUE !
GWAAAH !!
GWUP
GWUP
ÇA TE VA, COMME ÇA, FENNEL ?
FWUP
BON. DEEL S'EST VENGÉ TOUT SEUL, ON DIRAIT.
GWAAAAAAH !!

OOO
UNGH!!
SBLAASH

LES FRAGMENTS SONT EN TRAIN DE QUITTER SON CORPS !

MAINTENANT, C'EST À TOI DE JOUER, SWORD...
SWUUP
PEUH ! INUTILE DE ME LE DIRE. JE SAIS CE QUE J'AI À FAIRE !
FLAP
EN AVANT, IOS ! FINISSONS-EN AVEC LUI !

3ᴱ ÉPISODE : LE PLUS FORT

SCROUP
SCROUP
TIENS-TOI PRÊT, IOS ! ON VA LUI RÉGLER SON COMPTE UNE BONNE FOIS POUR TOUTES !
UUH... MES FRAG-MENTS...

T'AS PAS ENCORE COMPRIS, SALE LARVE ?! T'ES PAS DIGNE DE LES AVOIR, CES FRAGMENTS !
SWORD ! MAUDIT SOIS-TU !
OH ! C'EST QU'IL S'EXCITE, LE VILAIN !
BWASH
IOS !
GLUPS

KZZZ
BOUCLIER DIVIN ! PRO-TÈGE-NOUS DES FORCES MALÉFIQUES !
KZAAAAA
UNGHI !
CRISP
CRISP
QUOI ?!
MON ATTAQUE EST ARRÊTÉE PAR CET ANGE QUI ÉTAIT À MOITIÉ MORT... ?!
SCRAP
SCRAP
SWORD... TOUT A CHANGÉ, DEPUIS SON ARRIVÉE !
AH ! OÙ EST-IL PASSÉ ?!

FLAP
PAR LA PUISSANCE DES TÉNÈBRES OCCULTES !
INFERNO-CHOC !
ZWUP
ZWUP
NON ! LES FRAGMENTS SONT À MOI, TU ENTENDS !

GYAAAAAAAAAAH!!
KZAK
BLORB
BLORB
FWAAAAASH
LES ÂMES PRISES PAR GALAM RETOURNENT VERS LEURS PROPRIÉTAIRES.
ILS SONT SAUVÉS...
BWOOSH
BWOOSH

BVUUU
LES FRAGMENTS QUE M'AVAIT PIQUÉS SHADOW FACE...
SONT À MOI, MAINTE-NANT !
VENEZ PAR ICI, QUE JE VOUS ABSORBE !
M... MALHEUR...
MON RÊVE DE GOUVERNER LES ENFERS... TOUT EST FINI...
FLAP
TU M'ÉTONNES !

OUI, TOUT EST FINI... POUR TOI.
KZZZM
KZZZM
SWUP
UUH...
ADIEU, GALAM !
BWOM
SPLASH
GWAAH ! C'ESTIMPOSSIBLE ! JE NE PEUX PAS PERDRE COMME ÇA !
!!

SPLAAASH
UN BOUCLIER D'EAU ?!
!!
TIENS, TIENS...
SPLASH

BASIL HOR-NET !
BRAVO, TOUTES MES FÉLICI-TATIONS, SWORD...

LE COMBAT QUE TU VIENS DE LIVRER ÉTAIT ADMIRABLE.
INFÂME SCÉLÉRAT ...
C'EST POUR ME TOURNER EN RIDICULE QUE TU ES VENU ?!
GWAP
NOUS, LES GÉNÉRAUX INFERNAUX, SOMMES CONDAMNÉS À DISPARAÎTRE, LORSQUE NOUS AURONS RÉUNI TOUS LES FRAGMENTS. C'EST CETTE PERSPECTIVE QUI T'A FAIT AGIR AINSI, GALAM ?
COMMENT ?! TOI AUSSI, TU SAVAIS, QUE TOUS LES QUATRE, NOUS AVONS ÉTÉ CRÉÉS À PARTIR D'UN FRAGMENT ?!
ALORS, POURQUOI ?!
POURQUOI TU FAIS ÇA ?! TU VEUX MOURIR, OU QUOI ?!

LA QUESTION N'EST PAS LÀ...
JE NE FAIS QU'OBÉIR À MON SENS ESTHÉTIQUE ET MORAL...
J'AFFRONTE DES ENNEMIS TOUJOURS PLUS PUISSANTS POUR LES VAINCRE !
...
HÉ HÉ HÉ HÉ... TU N'EN DÉMORDS PAS, HEW... DE QUOI J'AI L'AIR, MOI QUI ESSAIE JUSTE DE VIVRE... ?
PUISQUE J'AI PITIÉ DE TOI, GALAM, JE T'ACHÈVERAI MOI-MÊME, AFIN QUE TA MORT SOIT DIGNE D'UN GUERRIER.
LAISSE-MOI TE POSER UNE DERNIÈRE QUESTION, BASIL...

QUEL EST LE SENS DE NOTRE EXISTENCE ?! AVONS-NOUS ÉTÉ CRÉÉS QUE POUR DISPARAÎTRE LORS DE LA RÉSURRECTION DE SATAN ?!
NOUS SOMMES DES GUERRIERS. LA RÉPONSE À CETTE QUESTION, NOUS NE POURRONS LA CONNAÎTRE QU'EN COMBATTANT...
FWUP
SPLAASH
HÉ HÉ HÉ... C'EST TOUT TOI, ÇA...

SPLASH
PSHOOF
BASIL...
TU ES DÉSORMAIS
LE SEUL À POUVOIR
DÉCOUVRIR LE
VÉRITABLE SENS DE
NOTRE EXISTENCE...

ET TOI, DEEL, QUE DÉCIDES-TU ?
VIENS-TU AVEC MOI, OU VAS-TU REJOINDRE FENNEL ET SWORD ?
HÉ HÉ... MOI AUSSI, JE SUIS CURIEUX DE CONNAÎTRE LE SENS DE NOTRE EXISTENCE. JE M'EN REMETS À TOI, BASIL.
HÉ HÉ
TRÈS BIEN...
KZZM
KSAM
SUR SA MAIN GAUCHE... UN ŒUF DÉMONIAQUE ?!

SCRIP
SCRIP
WOOOOOOOOOOOOOOOOH!!

KZHM
EH OUI, SWORD ! TU N'ES PAS LE SEUL À POUVOIR ABSORBER L'ÉNERGIE DES FRAGMENTS !
SON ŒUF DÉMONIAQUE EST UNE RÉPLIQUE PARFAITE ! IL A EXACTEMENT LES MÊMES PROPRIÉTÉS QUE LE TIEN !
HUM... J'AI SIX FRAGMENTS, IL EN A SEPT.
GWUP

FLAP
LE VAINQUEUR DE CE COMBAT REMPORTERA LA COLLECTION COMPLÈTE !
EN GARDE, BASIL !

4e ÉPISODE :
DUEL À MORT

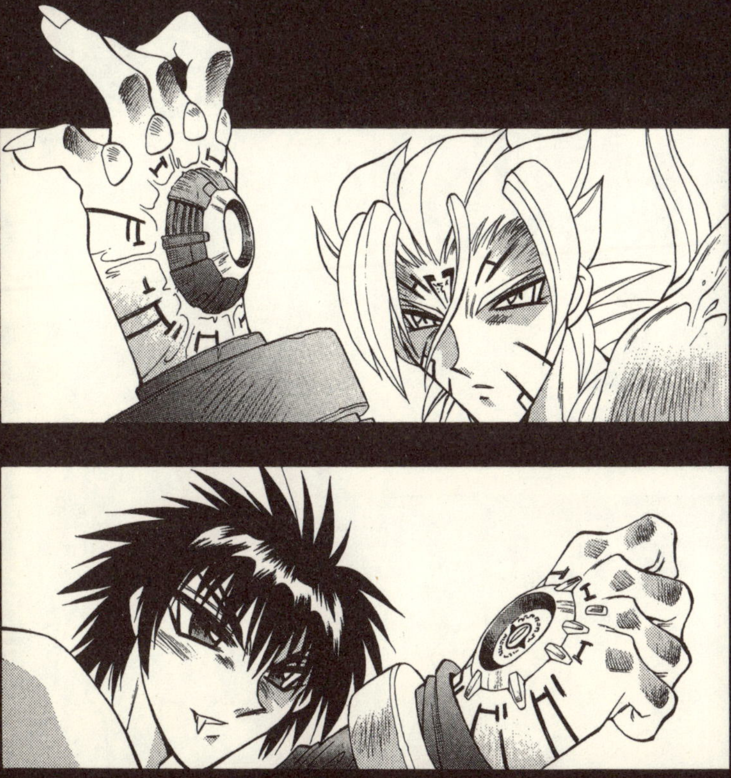

J'ATTENDAIS CE MOMENT DEPUIS LONG-TEMPS, SWORD.
J'ÉTAIS IMPATIENT QUE TA PUISSANCE S'ACCROISSE, AFIN QUE NOUS PUISSIONS NOUS AFFRONTER D'ÉGAL À ÉGAL !
J'ESPÈRE QUE SWORD VA S'EN SORTIR ! CETTE FOIS, IL AFFRONTE UN ADVERSAIRE QUI POSSÈDE AUSSI UN ŒUF DÉMONIAQUE !

L'ISSUE DE CE COMBAT ME RÉVÉLERA, À N'EN PAS DOUTER...
SWUP
SPROK
ZWUUUUUUSH
LE SENS VÉRITABLE DE NOTRE EXISTENCE !
LA VA-CHE !
WOOOOOOO

PARFAIT... VOILÀ UN MAGNIFIQUE DÉCOR POUR NOUS BATTRE.
J'APPRÉCIE TON SENS DE L'ESTHÉ-TIQUE, BASIL, MAIS...
PEUH
J'AI PAS L'INTENTION DE T'AIDER À TROUVER LA RÉPONSE.
TOUT CE QUI M'INTÉRESSE, C'EST DE M'EMPARER DES FRAGMENTS QUE TU POSSÈDES ET DE RÉCUPÉRER MON CORPS !
GWOOSH

ZWASH
WOOOOOSH!!
YAAAAAAAAAAAAAH!!
SDOOM
UNGH!!
FWUSH

SDAAM
GWAAAAAH !!
HÉ HÉ...
ARGH ...
PAR LA PUISSANCE DES TÉNÈBRES OCCULTES !
HÉ HÉ... TU L'AURAS CHERCHÉ !
LANCE FLUIDE !
SPLASH

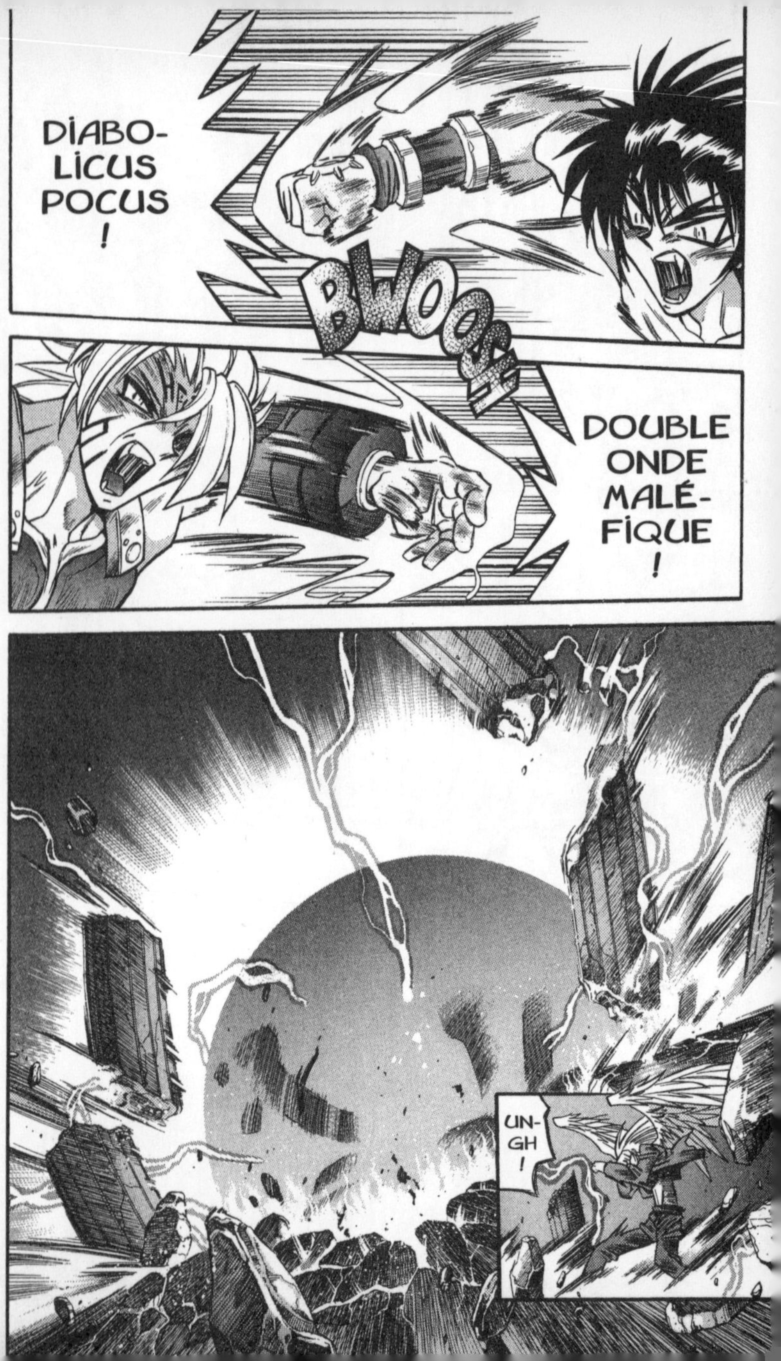
DIABO-LICUS POCUS !
BWOOSH
DOUBLE ONDE MALÉ-FIQUE !
UN-GH !

KZZM
KZZM
QUELLE DÉCHARGE MAGIQUE ! LEURS POUVOIRS SONT TERRIFIANTS !!
MÊME EN RETROUVANT MES POUVOIRS D'ANGE, JE NE SUIS PAS CERTAIN DE FAIRE LE POIDS FACE À SWORD, MAINTENANT...
HÉ HÉ HÉ HÉ... SUPERBE... TA PUISSANCE EST FORMIDABLE, SWORD !
SCRAP
JE NE PARLE PAS DE CELLE QUE TU DOIS AUX FRAGMENTS, MAIS DE CELLE QUI ÉMANE DE TON ÂME. JE LA SENS...
TU AS DE LA CHANCE DE VIVRE AUSSI INTENSÉMENT.
?

MOI, MON ÂME N'EST QU'UN FRAGMENT DE CELLE DE SATAN.
MON CORPS ARTIFICIEL NE POURRA JAMAIS AVOIR L'ÉCLAT DE LA VIE QUE TU POSSÈDES.
VOILÀ POURQUOI JE ME BATS. CAR COMBATTRE EST MA SEULE MANIÈRE D'EXISTER.
LORSQUE CET AFFRONTEMENT SERA TERMINÉ, JE DISPARAÎTRAI POUR REDEVENIR UNE PARTIE DU MAÎTRE DES ENFERS. MAIS JE NE ME PLAINS PAS.
GWISH
TU ES UN ADVERSAIRE...

DIGNE DE MA DERNIÈRE BATAILLE !
ZAM
SWUP
T'ES DÉBILE, OU QUOI ?!
TU PARLES COMME SI T'ÉTAIS DÉJÀ MORT !
POUR-QUOI T'ESSAIES PAS UN PEU DE VIVRE ?!
SDAM
QU... QUOI ?

FLOM
TU VEUX DIRE... CONTINUER À VIVRE ?
C'EST IMPOSSIBLE... MA MISSION EST DE RASSEMBLER TOUS LES FRAGMENTS, ET APRÈS... JE DISPARAÎTRAI.
PEUH... ET TU CROIS PAS QUE VIVRE EST PLUS IMPORTANT QUE N'IMPORTE QUELLE MISSION ?
TU INSINUES QUE JE DEVRAIS TRAHIR SATAN POUR PROLONGER MON EXISTENCE... ?
GALAM N'A PEUT-ÊTRE PAS EMPLOYÉ LA BONNE MÉTHODE, MAIS IL AVAIT FAIT LE BON CHOIX. IL S'EST BATTU POUR VIVRE.
C'EST TA VIE, TU FAIS CE QUE TU VEUX, MAIS...

VU QUE TU PORTES LES ÂMES DE GALAM ET DE DEEL, TU POURRAIS PEUT-ÊTRE TE REMUER UN PEU !
SWORD ...
SDOM
HÉ HÉ... OUI... JE CROIS QUE TU AS RAISON...

SDAM
SE BATTRE COMME UN GUERRIER N'EST PAS LE BUT ULTIME !
SWORD !
VIVRE... VOILÀ LE SENS DE NOTRE EXISTENCE !
SPLASH

C'EST CE À QUOI J'ASPIRE !

JE TE REMERCIE, SWORD.
SWORD...
SCRIP
C'EST PAS CROYABLE... IL A MOTIVÉ EXPRÈS SON ADVERSAIRE ...
RANPÛ ! GARVERA !
VOUS ÊTES FOUS D'ÊTRE VENUS ICI !
C'EST PLUTÔT À EUX QUE TU DEVRAIS DIRE ÇA...

S... SWORD ?
NA... NANAMI !
SWORD !
DASH
ARRÊTE, NANAMI. IL NE FAUT PAS INTERVENIR DANS CE COMBAT.
SWUP

GWAAM
PROFITE DU SPECTACLE, NANAMI ! LES CHOSES SÉRIEUSES VONT COMMENCER !
HAAA HAAA
WOOOOOOOH !!
SWORD ...
TOI AUSSI, SWORD, TU VAS DEVOIR TE BATTRE POUR RESTER EN VIE !
HÉ HÉ

5E ÉPISODE :
L'ISSUE DU COMBAT

ALORS, TU ES PRÊT À DONNER LE MEILLEUR DE TOI-MÊME POUR SURVIVRE ?
Y A INTÉRÊT. SURTOUT QUE CE CORPS N'EST PAS À MOI...

RAISON DE PLUS POUR PAS ME LAISSER TUER SI FACILEMENT.
SWUP
SWORD ...
MAIS, DE TOUTE MANIÈRE...
GWISH
J'AI PAS L'INTENTION DE MOURIR AUJOURD'HUI !

TRÈS BIEN... ALORS, BATTONS-NOUS...
QUE LE MEILLEUR VIVE !
OO
GWUSH
LEUR ÉNERGIE EST EN TRAIN DE CROÎTRE À VITESSE GRAND V !
C'EST MONS-TRUEUX ...

GWOO
AVEC TANT DE PUISSANCE, L'ISSUE DU COMBAT VA SE DÉCIDER EN UNE SEULE ATTAQUE !

KZZZM
SCRIP
KZZZM
KZZM
QU'EST-CE QU'ILS FOUTENT ? POURQUOI ILS RESTENT IMMOBILES ?
PARCE QU'ILS NE PEUVENT PAS PRENDRE DE RISQUES. ILS GUETTENT LE MOMENT PROPICE...
...
SCRAP

GWOOO

GWOOOOOOOH!!

KZAM
SBROOOM

ÉPOUS-TOU-FLANT...
TOUT SIMPLE-MENT STUPÉ-FIANT...
KZZM
KZZM
JAMAIS JE NE T'AURAIS CRU CAPABLE DE BRISER CE CORPS FAIT PAR SATAN...

NOUS ÉTIONS CONDAMNÉS À DISPARAÎTRE... ON NE PEUT PAS ALLER À L'ENCONTRE DU DESTIN...
FLOM
ERREUR !
VOTRE DESTIN VIENT JUSTE DE CHANGER.
VOS ÂMES ET VOS ENVELOPPES CHARNELLES VONT DISPARAÎTRE, MAIS VOUS CONTINUEREZ À EXISTER

VOTRE SOUVENIR CONTI-NUERA À VIVRE EN MOI !
HÉ HÉ... EN TOI, HEIN ?

WOOOOOOOOO
SOIT ! VOICI NOS ÂMES, ELLES SONT À TOI !
GWUUUSH
BASIL !
KZZZM
KZZZM
JE N'AI AUCUN REGRET. J'AI FINI PAR DÉCOUVRIR LE SENS DE MON EXISTENCE, LA RAISON POUR LAQUELLE JE ME BATTAIS.
À TOI, MAINTENANT, D'ATTEINDRE TON OBJECTIF, SWORD !

VUUU
MON OBJECTIF...
TU AS... TOUS LES FRAGMENTS DE L'ÂME DE SATAN EN TA POSSESSION...
IL A RÉUSSI...
L'HEURE EST VENUE POUR SWORD DE RETROUVER SON CORPS DE DÉMON...
DODOM
ALORS ÇA Y EST... IL VA NOUS QUITTER...

GNUP
DOM
DOM
ÇA VEUT DIRE QUE SÔMA VA RETROUVER SON CORPS...
JE DEVRAIS ÊTRE HEUREUSE, MAIS...
...
SWUP
!!
KZZM
KZZM
MON VŒU VA ENFIN ÊTRE EXAUCÉ !

JE VAIS REDEVENIR MOI-MÊME !
KZAM
KZZM
KZZM
ASSEMBLEZ-VOUS, FRAG-MENTS ! ET RECONSTITUEZ MON ENVELOPPE CHARNELLE DE DÉMON !
KZUM

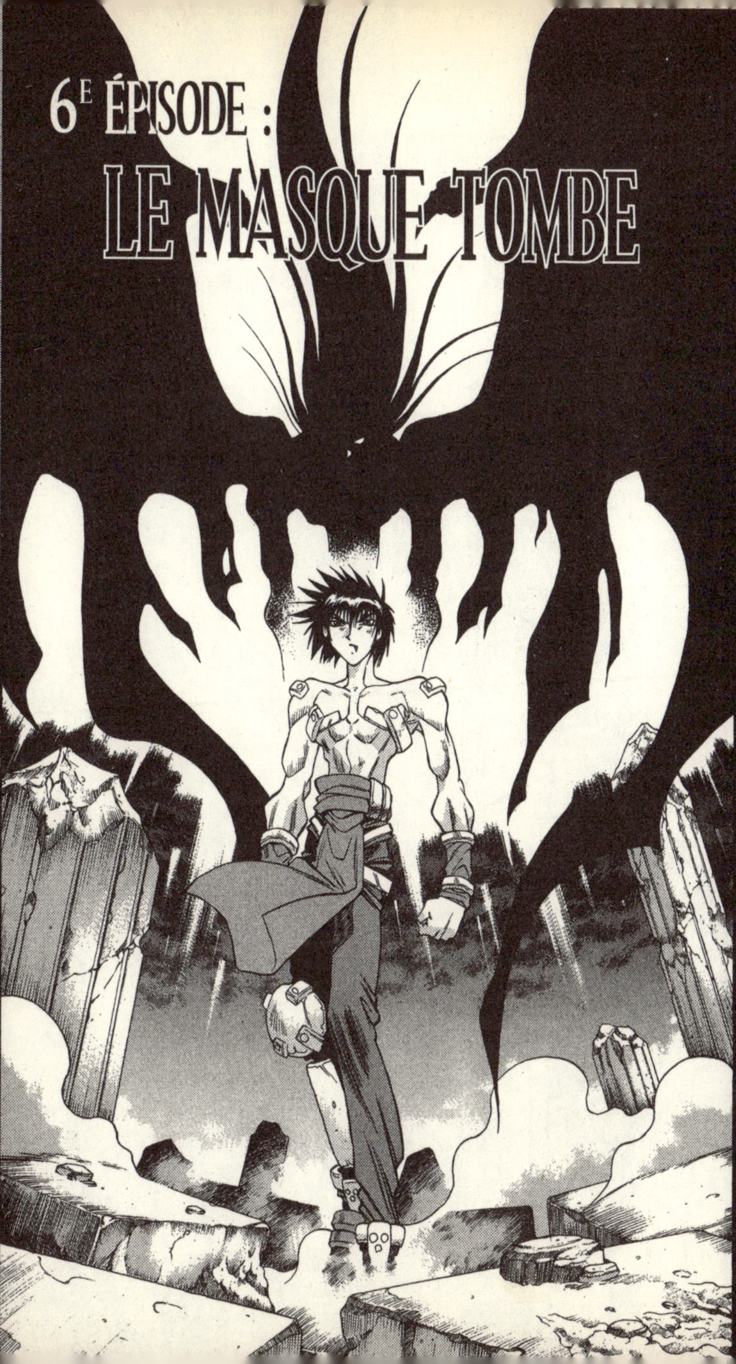
6E ÉPISODE :
LE MASQUE TOMBE

ZAAM
KZZUM
KZZM
ASSEMBLEZ-VOUS, FRAG-MENTS ! ET RECONSTITUEZ MON ENVELOPPE CHARNELLE DE DÉMON !
KZZZM
KZZZM

KZZM
KZZM
LES FRAGMENTS CHANGENT DE FORME !
WOOOOOOOOO
GWUP
SCOUIC
ALORS, ÇA Y EST... SWORD VA RETROUVER SON CORPS...
FLAP

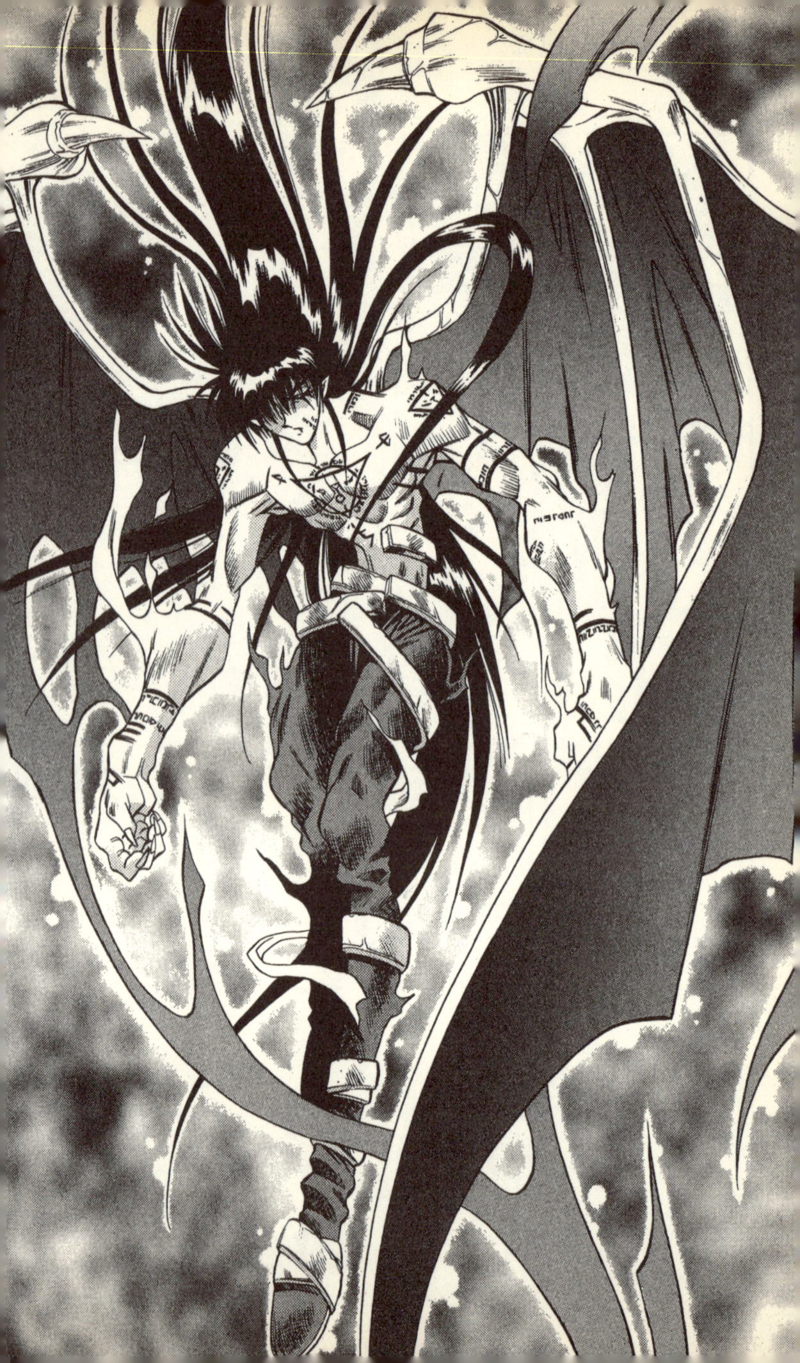

SWUP
!!
C... C'EST À ÇA QU'IL RESSEMBLE POUR DE VRAI... ?
HÉ HÉ HÉ...
KZZZM
KZZZM
J'AI RÉUSSI...

MON CORPS ! ENFIN !
WOOOOOOOOOO
MON VRAI CORPS !
SWORD...

...
QU'EST-CE QUI M'ARRIVE ? JE DEVRAIS ÊTRE CONTENTE QUE SÔMA REDEVIENNE LUI-MÊME...
SWUP
NANAMI...
DÉSOLÉ POUR LA GALÈRE DANS LAQUELLE JE T'AI EMBARQUÉE.
GLUPS
ZUUM
RASSURE-TOI, C'EST TERMINÉ, MAINTENANT.

IL NE ME RESTE PLUS QU'À TRANSFÉRER MON ESPRIT DANS MON CORPS, ET SÔMA SERA DÉBARRASSÉ DE MOI.
ATTENDS, SWORD ! JE...
STAP
AH !
MAIS POURQUOI, JE N'AI PAS ENVIE QU'IL S'EN AILLE... ?

AH LÀ LÀ... MAIS C'EST PAS POSSIBLE ! DE PENSER DES TRUCS PAREILS ?!
HAA HAA
TU VOULAIS ME DIRE QUELQUE CHOSE, NANAMI ?
HEIN ? EUH...
NON, RIEN ! ALLEZ ! DISPA-RAIS EN VITESSE !
FWIP
?!
PEUH ! T'INQUIÈTE, C'EST BIEN CE QUE JE COMPTE FAIRE !
FLAP
SWORD ...
TU ES SÛR DE TA DÉCISION ?

OUI ! MAINTENANT QUE J'AI RETROUVÉ MON CORPS JE PEUX ALLER DÉFIER SATAN !
ET ENSUITE...
KSHM
JE REVIENDRAI POUR QU'ON EN FINISSE, TOUS LES DEUX !
HÉ HÉ
FWASH

BWOSH
FRAGMENTS ! ACCUEILLEZ MON ESPRIT DANS LE CORPS QUE VOUS AVEZ CRÉÉ !
KZZM
AH...
IL S'EN VA POUR DE BON... C'EST LA FIN...
SWUUSH
KZZM

ADIEU, NANAMI...
SWORD !
GASH

SLAS

BWAAM
!!
QUE ...
QUOI ?!
LES FRAGMENTS SE SÉPARENT ! MON CORPS SE DÉSAGRÈGE !
HÉ HÉ HÉ... COMME C'EST DOMMAGE, SWORD...
!!
PLIC
PLIC

JE RÉCUPÈRE LES FRAG-MENTS, SI TU PERMETS.
HE HE HÉ
SHADOW FACE ?!
FWOOOSH
IMPOSSIBLE ! JE T'AI TUÉ...
SWUP
ME TUER ? UN DÉMON DE RANG INFÉRIEUR COMME TOI ?
HÉ HÉ HÉ... NE ME FAIS PAS RIRE.

UUUSH
YUUUSH
KZZM
KZA

PAR LES FLAMMES DE L'HADÈS ! L'ARCHE DE LA GÉHENNE !
ZWUUUU
BON SANG...
L'HEURE EST VENUE DE TOMBER LE MASQUE ET DE TE RÉVÉLER MON IDENTITÉ, SWORD.
KZZ

JE SUIS SATAN !
ZAAAM
MAÎTRE ABSOLU DES ENFERS !

7E ÉPISODE : AUDACE

SCRAP
SCRAP

SCRIP
SCRIP
S... SATAN... !
L'ÉNERGIE QUI ÉMANE DE LUI EST INCROYABLE...
...
SALE EMPAFFÉ ! T'AS DÉTRUIT MON CORPS !
KZAM
TON CORPS ?
HÉ HÉ... ALLONS DONC...
SWUP
SWORD ! ATTEN-TION !

!!
DOOM
?!
SWORD !
TU N'AS PAS BIEN COMPRIS, SWORD.
QU'EST-CE QUE C'ÉTAIT ?! IL A DÉCLENCHÉ SA MAGIE SI VITE QUE JE N'AI RIEN VU VENIR !
GWAAAAAAAH !!
KZUM

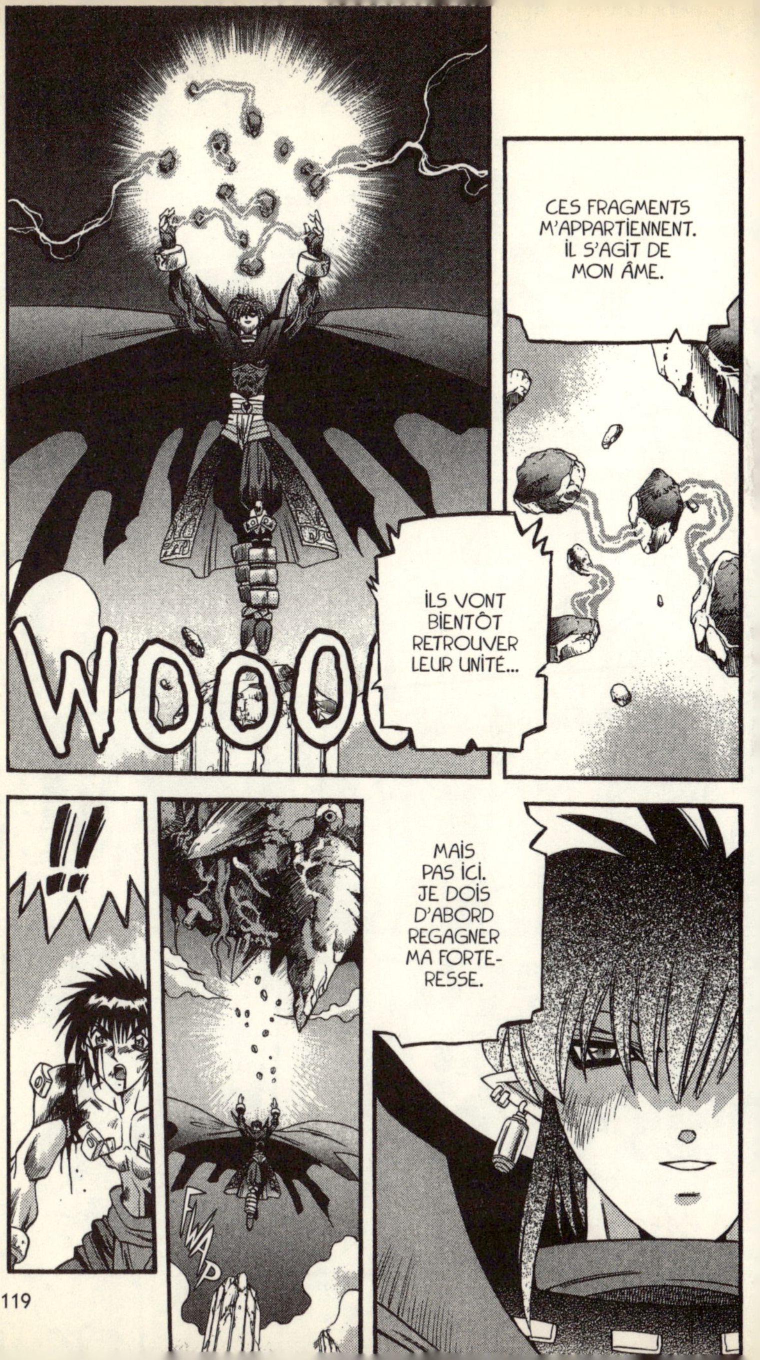
CES FRAGMENTS M'APPARTIENNENT. IL S'AGIT DE MON ÂME.
WOOO
ILS VONT BIENTÔT RETROUVER LEUR UNITÉ...
!!
MAIS PAS ICI. JE DOIS D'ABORD REGAGNER MA FORTERESSE.
FWAP

PAS SI VITE ! T'IRAS NULLE PART !
SWORD ! NON !
TU AS PERDU TOUS LES FRAGMENTS QUE TU AVAIS ! TON ENVELOPPE CHARNELLE NE PEUT PLUS RÉSISTER À LA MAGIE !
GWOOS...
HUMPF!
UNGH!
UNGH!
DASH
SWORD !
FERME-LA, IOS...
PAS QUESTION QUE JE LAISSE CETTE POURRITURE FILER COMME ÇA !
KZIM

SWOO-
OORD
!
DWOOS
AH...
L'IMBÉCILE !
C'EST DU SUICIDE...
IL NE S'EN TIRERA
PAS TOUT SEUL
!
!!
N'Y VA
PAS, IOS
!
SWUP
SHEKIL
!

NE VA PAS AIDER SWORD, TU N'EN REVIENDRAS PAS VIVANT.
C... ÇA VEUT DIRE QUE SWORD... ET SÔMA... VONT...
SHEKIL... TU VEUX QUE JE LE LAISSE SE FAIRE MASSACRER ?
TU SAIS TRÈS BIEN CE QUE JE VEUX DIRE. AFFRONTER SATAN MAINTENANT, C'EST COURIR AU DEVANT D'UNE MORT CERTAINE.
...

ÌL EST HORS DE QUESTÌON QUE JE TE LAÌSSE FAÌRE UNE CHOSE PAREÌLLE !
WOOOOOGH !
GWOOOO

DOOM

SATAN!!
SWORD...
GWAAAAAAH!!
HÉ HÉ HÉ... PAUVRE IDIOT...
SDWAM
BVUM

U... UNGH...
SKWAM
BVUUM
JE PENSAIS TE LAISSER LA VIE SAUVE POUR TE REMERCIER D'AVOIR RASSEMBLÉ TOUS LES FRAGMENTS, MAIS...

TU AS OSÉ BRANDIR TON POING CONTRE MOI, ALORS TU CONNAÎTRAS LA MORT !

KZZZM
KZZZM
PSHHHH

I... IOS ?!

SCRAP
SCRAP
UNE EXPLOSION... LE COMBAT A COMMENCÉ ?
POURQUOI AS-TU LAISSÉ IOS PARTIR EN LUI DONNANT TON SABRE ?
...
RIEN NE M'EMPÊCHERA D'Y ALLER, SHEKIL. PAS MÊME TOI.
JE N'AURAIS JAMAIS CRU QUE SWORD COMPTAIT TANT POUR LUI...

SWORD... IOS...
BRR
BRR
JE VOUS EN SUPPLIE : REVENEZ EN VIE !
L'ANGE IOS... COMME C'EST AMUSANT...

CRÉTIN ! QU'EST-CE QUE TU VIENS FAIRE ICI ?!
HAA HAA
?
AURAIS-TU DÉJÀ OUBLIÉ ?
JE T'AI PROMIS QUE C'EST MOI QUI TE RÉGLERAIS TON COMPTE !
FWUP
MAIS POUR LE MOMENT, ESSAYONS DE SORTIR VIVANTS DES GRIFFES DE SATAN !
GWOOOOOO

8E ÉPISODE :
RESSOURCES CACHÉES

VOILÀ UN DUO QUI SORT DE L'ORDI-NAIRE...
UN ANGE ET UN DÉMON QUI SE BATTENT ENSEMBLE...
GWOOO

VOUS ÊTES PRÉSOMPTUEUX, POUR SUPPOSER SURVIVRE FACE AU TOUT-PUISSANT SATAN !
GWOO OOO
IOS...
MON CORPS NE RÉSISTERA PLUS LONGTEMPS À LA MAGIE !
KZAM
IL FAUT QU'ON RÉUSSISSE DU PREMIER COUP !

GWAAAAAAH !!
UNGH... UN CHAMP DE PROTECTION ! IMPOSSIBLE DE LE TOUCHER !
MEEE-EERDE !
DÉÇUS ?
VOUS PENSIEZ VRAIMENT POUVOIR FAIRE QUELQUE CHOSE CONTRE MOI ?

KYAAAAAAH ?!
SCRAP
SCRAP
QUELLE DÉFLAGRATION ! QU'EST-CE QUI PEUT BIEN SE PASSER LÀ-HAUT ?!
IOS... NE MEURS PAS, JE T'EN PRIE...
BOOW
MON DIEU... S'ILS MEURENT TOUS LES DEUX, JE... JE...

OH... TOUJOURS EN VIE ? VOUS ÊTES CORIACES.
KZZM
FWAP
KZZM
L'ENFOIRÉ... IL ASSURE, SOUS SES AIRS DE GAMIN...
HAAA
HAAA
QUELLE FORCE ! JE N'AI JAMAIS VU UN POUVOIR AUSSI PUISSANT !
RARES SONT CEUX QUI ONT PU ME RÉSISTER PLUS DE DIX SECONDES...
FWUP
MAIS HÉLAS, JE N'AI PAS LE TEMPS DE M'AMUSER AVEC VOUS.
AH ! UN CERCLE D'INCANTATION !

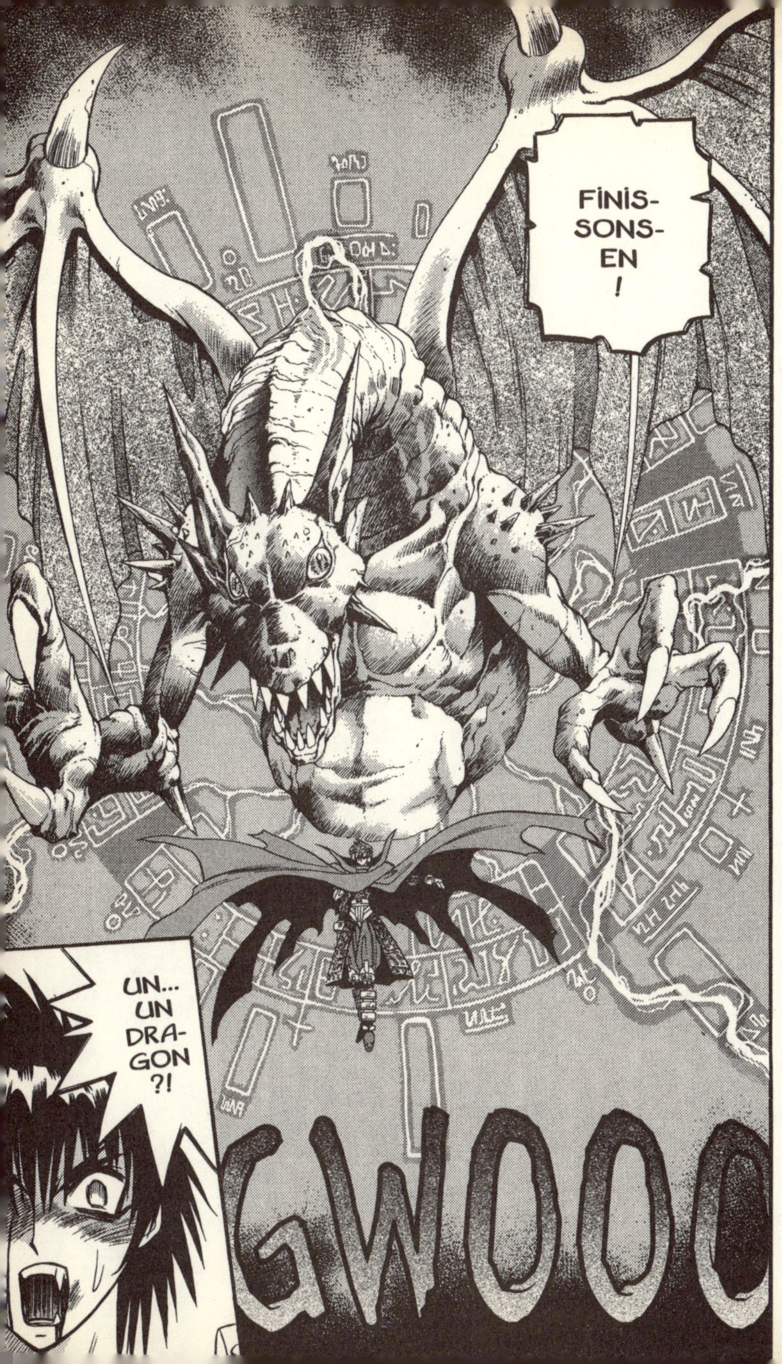
FINIS-
SONS-
EN
!
UN...
UN
DRA-
GON
?!
GWOOO

GRDOOAAA
GWOOOO
VOTRE DERNIÈRE HEURE EST ARRIVÉE !
UNGH... JE N'AI MÊME PLUS LA FORCE DE BOUGER...
BORDEL ! C'EST PAS UN GROS LÉZARD QUI VA M'IMPRES-SIONNER !
IL A RAISON. IL EST ENCORE TROP TÔT POUR BAISSER LES BRAS !
SWUP

K... KAN-NA ?!
COURAGE, SWORD. JE PEUX TE FOURNIR ENCORE UN PEU DE FORCE...
SÔMA ?!

SEIGNEUR TOUT-PUISSANT ! CONFÈRE-MOI LA FORCE DE VAINCRE CETTE CRÉATURE DÉMONIAQUE !
ÇA ALORS ! MES FORCES REVIENNENT !
GNUP
CHAUD DEVANT !
KZIM
GROAAAAAAR !!

ZWUUUU
YAAAAAAAAAH!!

FWUSH
SATAN!
RENDS-MOI MON CORPS !

KZUP
HÉ HÉ HÉ... HÉ HÉ HÉ HÉ...
INCROYABLE... TU AS RÉUSSI À ME BLESSER.
ZAM
C'EST DÉCIDÉ, SWORD ! TU SERAS MA TOUTE PREMIÈRE PROIE APRÈS MA RÉSURRECTION !
EN ATTENDANT, PROFITE BIEN DES DERNIERS JOURS QU'IL TE RESTE À VIVRE !
SBAAAM

GWOOM
REGARDEZ !
L'ARCHE DE LA GÉHENNE EST EN TRAIN DE DISPARAÎTRE !
KZZM
KZZM
ZWUUUSH
OH MON DIEU... SWORD... IOS... !
FWUUSH
!!!

AH
!
S...
SWORD
!

FLAP
OUF... ILS ONT SURVÉCU TOUS LES DEUX...
SNIF
SWORD... COMME JE SUIS CONTENTE !
PAS MOI. MON CORPS S'EST DÉSINTÉGRÉ, ET JE SUIS TOUJOURS DANS CELUI DE SÔMA.
GRRR
MAIS TU ES TOUJOURS VIVANT... C'EST L'ESSENTIEL...

NANAMI ...
HÉ HÉ... DES LARMES DE JOIE...
SWOP
OUI, ET C'EST MOI QUI DEVRAIS PLEURER !
COMMENT VAIS-JE POUVOIR RÉCUPÉRER MON CORPS, MAINTENANT ?

9e ÉPISODE :
UN NOUVEL ENNEMI ?!

9E ÉPISODE :
UN NOUVEL ENNEMI ?!

CO... COMMENT C'EST POSSIBLE ?!
QUOI ?! ELLE N'A RIEN ?!
VOUS M'AVEZ ATTAQUÉE, N'EST-CE PAS ?
SI C'ÉTAIT UNE PROVOCATION, VOUS ALLEZ LE REGRETTER...
CAR JE VAIS VOUS MASSACRER.

AH LÀ LÀ...
POF
QUELLE GOURDE JE SUIS...
MAIS TU ES TOUJOURS VIVANT... C'EST L'ESSENTIEL...
AH !
QU'EST-CE QUI M'A PRIS DE ME JETER DANS SES BRAS, HIER... SI ÇA SE TROUVE...
IL VA PENSER QUE JE SUIS AMOUREUSE DE LUI !

SWORD N'EST QU'UN DÉMON QUI A PRIS LE CORPS DE SÔMA !
SCRUTT
NON, MAIS ÇA VA PAS, LA TÊTE ! JAMAIS DE LA VIE !
GWAP
JE ME SUIS LAISSÉE ALLER PARCE QUE J'AVAIS LES IDÉES EMBROUILLÉES PAR TOUTES CES AVENTURES !
HUM !
PLUS VITE IL QUITTERA LE CORPS DE SÔMA, MIEUX CE SERA !

SALUT, IOS !
SALUT, NANAMI !
STAP
TIENS ? SWORD N'EST PAS AVEC TOI ?
SCRUTT
SCRUTT
BEN...
BLING
GLUPS
QUE... QU'EST-CE QUI SE PASSE ?
IL EST UN PEU SUR LES NERFS DEPUIS HIER...
IL FAUT LE COMPRENDRE...

IL AVAIT ENFIN RÉUSSI À RASSEMBLER TOUS LES FRAGMENTS, EN BATTANT LES QUATRE GÉNÉRAUX INFERNAUX.
MAIS À L'INSTANT OÙ IL ALLAIT REPRENDRE POSSESSION DE SON CORPS, SATAN A SURGI ET LUI A TOUT REPRIS.
SWORD ...
!!
AH NON ! JE NE VAIS PAS RECOMMENCER À AVOIR PITIÉ DE LUI !
BVUM
BVUM
BON ! JE VAIS LUI REMONTER LE MORAL !
HEIN ?! MAIS...
STAP
OUH LÀ...
MAGIC AND WITCHCRAFT
BAM

GRRR...
BRRR
BRRR
SALAUD DE SATAN ! J'ARRIVE PAS À CROIRE CE QU'IL M'A FAIT !
HAA
HAA
HUMPF !
SBIIM
BOUCLE-LA UN PEU !
NANAMI ! QU'EST-CE QUE TU VIENS FAIRE LÀ ?!
TSS... T'AS L'AIR MALIN À TE MORFONDRE DANS TON COIN !
T'AS UN PROBLÈME ?! TU SAIS CE QUE ÇA FAIT DE PERDRE SON CORPS ?

PEUH
ÇA, ÉVIDEMMENT, J'AI DU MAL À IMAGINER.
GRRR...
MAIS AU LIEU DE GASPILLER TON ÉNERGIE À TOUT CASSER, TU FERAIS MIEUX DE TROUVER UN MOYEN DE RÉCUPÉRER TON CORPS !?
FACILE À DIRE ! SI C'ÉTAIT SI SIMPLE, Y A LONGTEMPS QUE CE SERAIT FAIT !
DIS DONC ! TU POURRAIS ÊTRE UN PEU PLUS AIMABLE ! ET PUIS, T'AS PAS L'INTENTION DE RESTER DANS LE CORPS DE SÔMA, J'ESPÈRE ?!
GRRR
N... NON... PAS DU TOUT...
GLUPS
PEUH !
AH AH AH
CLAP
CLAP
¡OS ! ENFOIRÉ ! QU'EST-CE QUI TE FAIT MARRER ?!
SBLAM
ÇA SUFFIT ! DÉPÊCHE-TOI DE TE PRÉPARER, ON VA ÊTRE EN RETARD AU LYCÉE !

TU AS DEUX MINUTES, ET PAS UNE SECONDE DE PLUS, POUR DESCENDRE ! COMPRIS ?!
OUAIS, ÇA VA !
SWUP
'TAIN ! QU'EST-CE QU'ELLE EST LOURDE !
TU FERAIS MIEUX DE TROUVER UN MOYEN DE RÉCUPÉRER TON CORPS !!
PEUH ! COMME SI J'EN AVAIS BESOIN !
ELLE ESSAIE JUSTE DE TE FAIRE RÉAGIR.
J'AI PAS ENCORE DIT MON DERNIER MOT ! JE VAIS LE RÉCUPÉRER, MON CORPS !
PEUH!

CHAT ALORS ! QUEL CHANGEMENT PAR RAPPORT À TOUT À L'HEURE !
FWIP
TOI, LE BATCAT, TU LA FERMES !
SCOUIC
KZAM
T'AURAS LE DROIT DE PARLER QUAND T'ARRÊTERAS DE PASSER TOUT TON TEMPS À BOUFFER DU RONRON COMME UN GROS MINET !
UN GROS MINET ? CH'EST VRAI QUE CHAT FAIT LONG-TEMPS QUE JE NE CHORS PLUS DE LA MAIJON...
KZAM
AU LIEU DE MENER UNE VIE DE PACHA, RENDS-TOI UTILE ET ESSAIE DE TROUVER DES INFORMATIONS QUI PUISSENT M'AIDER !
VLOM
PFFF
NANA ! C'EST POUR QUI LES BONNES CRO-QUETTES ?
MIAÂÂ !
TSS ! FOUTU MATOU !
AH AH...
BIEN JOUÉ, NANAMI... IL A REPRIS DU POIL DE LA BÊTE.

EN TOUT CAS, C'EST UN MIRACLE QUE TU T'EN SOIS TIRÉE SANS UNE ÉGRATIGNURE !
T'AS UNE VEINE D'ENFER !
NOUS MASSACRER ? AH AH AH ! ELLE EST BONNE, CELLE-LÀ !
QU'EST-CE QUI VOUS FAIT RIRE COMME ÇA ?
ALORS QUE VOUS ALLEZ TOUS MOURIR DANS QUELQUES INSTANTS...
BROUHAHA
BROUHAHA
EH ! QUAND ON BOUSCULE QUELQU'UN, ON S'EXCUSE !
TIENS ? C'EST QUOI, CET ATTROUPEMENT, LÀ-BAS ?
WAAH !
GRRR

!
SNIF
QU'EST-CE QU'IL Y A ? TU NE TE SENS PAS BIEN ?
CETTE ODEUR...
...
SNIF
SNIF
SNIF
SNIF
SNIF
SNIF !
EUH... UN PROBLÈME... ?
SWUP

TU PORTES L'ODEUR DE SWORD.
HEIN ?
T'AS INTÉRÊT À FAIRE GAFFE, LA PROCHAINE FOIS !
GYAAAH!
FWUSH
HUM ?
...

WAAAAAAH !!
GWOM
POURQUOI TU T'ENFUIS ?
ALORS QUE JE SUIS...
FWUSH
SWORD ! C'EST QUI, CELLE-LÀ ?!
UNE NOUVELLE ENNEMIE ?!
PSHHH

TA CHÈRE ET TENDRE FIANCÉE...
SCRIP
SCRIP
BLONG
HEIN ?!
NE ME REGARDEZ PAS COMME ÇA, JE VAIS ROUGIR...

10E ÉPISODE :
SHARO

LA... LA FIANCÉE DE SWORD ?!
TOUT JUSTE !
FWUM
EH ! STOP ! DIS PAS N'IMPORTE QUOI, SHARO !

SHARO... ?
CE NOM ME DIT QUELQUE CHOSE...
JE DIS PAS N'IMPORTE QUOI !
SI, C'EST N'IMPORTE QUOI !
VOYONS, TU SAIS BIEN QU'ENTRE NOUS DEUX... ENFIN...
PWOM
KZUM
C'EST BON ! DU CALME, NANAMI !
...
ALLEZ ! CRACHE LE MORCEAU !
QUI ES-TU... ?
HEIN ?
TIENS, TIENS... ÇA A L'AIR INTÉRESSANT, TOUT ÇA. ON PEUT CONNAÎTRE LES DÉTAILS ?
ZOOM
GLUPS

JE TE TROUVE BIEN FAMILIÈRE AVEC MON SWORD !
KZZZM
KZZZM
GRRR !
GYAAAH
EH, REGARDEZ ! UNE DISPUTE ENTRE FILLES !
VOUS CROYEZ QU'ELLES VONT SE BATTRE ?
KYA AAH !
BROUHA
BROUHA
MAIS NON... ON NE SE DISPUTE PAS... !
AHEM
...
SALETÉS D'HUMAINS...
SWUP

MOUREZ DONC !
KLUM
GWAAAAAAH !!
GWUM
GWUM
ÇA Y EST, JE ME SOUVIENS ! LA PRINCESSE AU MAUVAIS ŒIL !
STOP ! ON NE TUE PERSONNE !
FWOP
POURQUOI ?
AU MAUVAIS ŒIL ?

QUICONQUE REGARDE DANS SES YEUX EST IMMÉDIATEMENT ENSORCELÉ ET SES FONCTIONS VITALES S'ARRÊTENT !
KZUM
KZUM
HII...
Hii...
LA DÉMONE AU REGARD ASSASSIN, ET SUR-TOUT...
LA FILLE DE SATAN, SHARO LEEK SATAN !
FWOP
OUPS... GRILLÉS...

STAM
VAS-Y ! JE T'ÉCOUTE !
C'EST BON, PAS LA PEINE DE HURLER...
GRRR
JE TE SIGNALE QU'ON RATE LES COURS À CAUSE DE TOI, ALORS DIS-NOUS TOUT...
ÉCOUTE, JE TE RÉPÈTE QU'ENTRE ELLE ET MOI, IL N'Y A ABSOLUMENT RI...
FWISH
À VOUS VOIR, ON DIRAIT PAS...
GNUP
UUH...
SWIP
PUISQUE TU INSISTES, JE VAIS TOUT TE RACONTER.

ÇA REMONTE À MON ENFANCE...
JE M'ÉTAIS PERDUE DANS LA FORTERESSE DE PAPA ET JE PLEURAIS.
SNIF
SNIF
OUIIIIN
OUIIIIN
STAP
C'EST ALORS QU'IL EST APPARU...
TU T'ES PERDUE, PETITE FILLE ? SÈCHE TES LARMES ET SUIS-MOI !

ÇA A ÉTÉ LE COUP DE FOUDRE.
OH OH...
VOICI DONC L'ARCHE DE LA GÉHENNE...
ARRÊTE DE RACONTER DES HISTOIRES, SHARO ! VOILÀ COMMENT ÇA S'EST PASSÉ, EN VÉRITÉ !
PUISQUE JE ME SUIS INFILTRÉ JUSQU'ICI, AUTANT EN PROFITER POUR VOIR LA TRONCHE DE SATAN.
APRÈS CELA, NOUS...
SWORD ! ESPÈCE DE SALE...
DU CALME ! DU CALME !
GNUP
HEIN ? QU'EST-CE QUE TU ME VEUX, TOI ?
ZOM
LÂCHE-MOI ! J'AI AUTRE CHOSE À FOUTRE QUE DE M'OCCUPER D'UNE GAMINE !
SCRUUUUTT
PAR ICI ! ON LE TIENT !
SDAM
REGARDEZ ! IL VOULAIT KIDNAPPER LA PRINCESSE !
SDAM
?!
OH NON...

WACK
ET PAR TA FAUTE, J'AI EU DROIT À UNE SÉANCE DE TORTURE !
AH BON ? JE ME SOUVIENS PAS...
ENFIN, J'AI ÉTÉ CONQUISE, CE JOUR-LÀ.
EH ! TU M'ÉCOUTES ?!
OHOH
J'AI DÉCIDÉ QUE CE DÉMON SERAIT MON ÉPOUX...
ET QU'À NOUS DEUX, NOUS DÉTRÔNERIONS SATAN POUR RÉGNER ENSEMBLE SUR LES ENFERS !
HEIN ?
PAPA EST EN TRAIN DE SE PRÉPARER POUR SA RÉSURRECTION. C'EST L'OCCASION RÊVÉE !
HIHI
HIHI

CETTE ORDURE SE PRÉPARE POUR SA RÉSURRECTION, AVEC LES FRAGMENTS QUE J'AI RÉCUPÉRÉS !
MINUTE ! SATAN EST BIEN TON PÈRE, N'EST-CE PAS ?
BEN OUI, ET ALORS, JE VOIS PAS OÙ EST LE PROBLÈME ?!
HIHI HIHI HIHI
ENTRE DÉMONS !
ELLE EST TERRI-FIANTE...
KLING
ALLONS-Y, SWORD ! RETOURNONS EN ENFER POUR Y BÂTIR NOTRE PETIT NID D'AMOUR !
VAS-Y SANS MOI !
POURQUOI TU ME REJETTES ? DIRE QUE J'AI DÛ PRENDRE MILLE PRÉCAUTIONS POUR VENIR ICI À L'INSU DE PAPA...
C'ÉTAIT PAS LA PEINE !
TRÈS BIEN... JE VAIS ATTENDRE DANS CETTE CHAMBRE RÉPUGNANTE JUSQU'À CE QUE TU CHANGES D'AVIS.
SNIF
SNIF
QUOI ?!
NOUS ALLONS VIVRE ENSEMBLE, DORMIR ENSEMBLE, NOUS SERONS INSÉPARABLES !
HI HI HI
QUOI ?
HEIN ?!
COM-MENT ?!

ALORS ÇA, IL N'EN EST PAS QUESTION, MA PETITE !
OH !
POURQUOI TU T'ÉNERVES ? QU'EST-CE QUE ÇA PEUT TE FAIRE... ?
SCRUUUTT
EUH...
MAIS JE SUIS PAS AMOUREUX, MOI !
POURQUOI VEUX-TU EMPÊCHER NOTRE AMOUR ? ATTENDS, NE ME DIS PAS QUE...
HEM... AHEM...
ÇA N'A RIEN À VOIR AVEC CE QUE TU IMAGINES ! CE CORPS APPARTIENT À SÔMA, ET JE NE PERMETTRAI PAS QUE VOUS FASSIEZ DE DRÔLES DE CHOSES AVEC !
GRR
SÔMA
SCRUUTT
NE ME REGARDE PAS COMME ÇA...
ET PUIS D'ABORD, JE SUIS CERTAINE QUE LE PÈRE DE SÔMA NE TE PERMETTRA JAMAIS D'HABITER ICI !
VLAM
OH, MA PETITE SHARO ! TU ÉTAIS DONC LÀ !
HEIN ?!

VOUS AVEZ DÉJÀ FAIT CONNAISSANCE AVEC MON ADORABLE PETITE NIÈCE ?
ELLE VA HABITER CHEZ NOUS À PARTIR D'AUJOURD'HUI. SOYEZ GENTILS AVEC ELLE, HEIN ?
POM
...
BON SANG... ELLE A HYPNOTISÉ LE VIEUX...
SLAM
JE VOUS APPELLE QUAND LE DÎNER EST PRÊT !
HÉ HÉ
GRRRR RRRRR
BRRR BRRR
SWORD ! TU IRAS DORMIR DANS LE SALON... **TOUT SEUL** !
HEIN ? POURQUOI MOI... ?
ZOM
D'ACCORD, D'ACCORD ! JE DISCUTE PAS !

ET MERDE ! COMME SI C'ÉTAIT DÉJÀ PAS ASSEZ COMPLIQUÉ COMME ÇA !
JE DOIS LA RENVOYER EN ENFER... PARCE QUE JE VAIS PAS TENIR LONGTEMPS À CE RYTHME...
FWOP
FLAP
QUI EST LÀ ?!
STAP
STAP
?
GLUPS

!!
TU ME FAIS UNE PETITE PLACE ?
HI HI...
NON MAIS, À QUOI TU JOUES, LÀ ?!
FLASH
PRIS SUR LE FAIT !

DEVIL DEVIL vol.10/FIN

Titre original :
DEVIL DEVIL, VOL. 10

Original Japanese edition
published in 2000
by Shogakukan Inc., Tokyo
French translation rights
arranged with Shogakukan Inc.
through The Kashima Agency

French translation rights : Pika Édition

Traduction et adaptation : Sylvain Chollet
Lettrage : David Cochard

ISBN : 2-84599-376-5
Dépôt légal : novembre 2004
Imprimé en Allemagne par Clausen & Bosse
Diffusion : Hachette Livre

ATTENTION, SENS INTERDIT !

Ceci est la dernière page du
dixième épisode de DEVIL DEVIL
Pour lire le début de ce volume,
il faut retourner le livre.

Une petite explication vous donnera
le mode d'emploi du sens de lecture,
fidèle à l'original, de droite à gauche,
selon le souhait de son auteur,
YUKI MIYOSHI.